句集

魚の棲む森

uo no sumu mori

しなだしん
shinadashin

角川書店

句集・魚の栖む森

目次

装丁・神田昇和
本文デザイン・ベター・デイズ

句集

魚《うお》の棲《す》む森《もり》

I

二〇一二年以前

春月のこぼるる沖の回遊魚

魚眠るときあざやかなさくらかな

桑解いて薬師に誰かゐるらしき

言はせたきことあり春の水きらきら

一墨に紙は書となる春の宵

さへづりのなか引越を考へる

真つ白な雲湧く父の日なりけり

山肌を雲かけのぼる夏炉かな

みづがみづ脱ぎ噴水のとどまれる

南風や雨のごとくに蒼き魚

喝采のやうな風鈴市をゆく

石にこゐ水に息ある安居かな

一匹となり秋蟬の鳴き腫らす

ゆびさきの白き踊の輪の汀

秋の夜を刻むトランポリン少女

山小屋の窓は小さく月祀る

宮人の袖てらてらと月の庭

紗のやうな雨降るのちのころもがへ

鵙の贄山の雫を湛へけり

櫨もみぢあれは牡鹿の角突く音

火を得ればもの美しき鶴啼く夜

気心の知れて枯蔦引きにけり

枯野より信玄袋もどりくる

闇汁の了ってみればはづかしき

堅炭の爆ぜて奇譚のつづきけり

コピー機が銀河生みつぐみぞれの夜

裸木へ交響曲のごとき日矢

口すこし曲げて忘年会を出づ

風曳いて鷹は鷹師の手へ戻る

Ⅱ

二〇一二年

寒禽のまなこに海の吹き溜る

鸊替の鸊の柾目をてのひらに

湿りをる馬のたてがみ金盞花

山焼の炎はばたくとき暗む

文書いて手のよごれたるさくらの夜

巻貝の渦なめらかに春驟雨

ぬれてゐる炎とおもふお水取
板床にこぼれ修二会の椿かな

明日香村大字飛鳥石朧

いちまいの紙をいぢめてゐる遅日

磯巾着タバスコ色にひらきたる
春潮のどうどう寄せて朱の鳥居

子つばめの打電のごとく口を出す

海へ降る緑雨を吾も浴びてゐる

谷風は湿りを兆し夏わらび

魚の栖む森を歩いて明易し

人去って星のプールとなりにけり

よれよれでしよっぱい麦藁帽の紐

まつさをな山を間近かに夏の風邪

考へる人の目線の中に蟻

股座に簗簀の風をそだてけり

蠅が来て生きてゐること思ひだす

ひきがへるあざやかに闇ありにけり

重さうに飛んで来たれり兜虫

音曳いて風鈴売は影持たず

涼み舟ぶつかり合うて発ちにけり

夏帽を心臓に当て悼みけり

椅子をひく音一斉に九月来る

すり硝子越しにもかまつかとわかる

塩の道逸れてゆきたる銀やんま

流れ藻のやうに無月の店に入る

森林限界霧去つて霧が来る

這ひ松の叫び狭霧にのまれたる
年輪はひかりを知らず水の秋

夜食喰ふ牛若丸のやうに坐し
沢越えて猟犬の眼となりにけり

胸にあるましろき時間みそさざい

星の夜のしづかにのばす胼薬

羊歯の森から風邪の神連れ帰る

海べりは達磨ストーヴから曇る

騙し絵のやうな嫗が毛糸編む

金屏の二面に夜の来てゐたり

船長の胸ポケットにある落葉

雪を来て雪の窓辺に通さるる

眠るほど羆の鼻の濡れてゐる

Ⅲ

二〇一四年

幕末を歩くごとくに梅探る

寒林に腕をさすれば喪章めく

産みたての卵を採りに梅くぐる

厩出しを待つたてがみの布陣かな

啓蟄のばぶんとひらく換気扇

つちふるや声帯模写は口隠し

わが影へ膝折りたたむ汐干狩

天日へ晒すこどもの日の肋

初夏のピアノはだかにされてゐる

万緑や望遠鏡は射る角度

ほうたるを遺品のごとく手に受くる

木苺にうつとりと雨ぶらさがる

みなづきの碧みつみつと蝶の羽

短夜の踊りは水を汲むかたち

轍からはじまつてゐる夏野かな

どしや降りの街を横切る黒金魚

兜虫もたもた羽を仕舞ひをる

扇風機ひとが眠つてからのこと

身をあをく月のプールを泳ぎきる
じんわりとはんざきの手のひらきたる

船室に葉巻のにほふ夜の秋

またひとり闇へ百物語の火

遺失物センター昏く星まつり

照らされて唸りのごとき阿波踊

扇置く山の一樹の暮れのこり

黒ぶだう水を濡らしてゐたりけり

九月来る背表紙あをき星の本

蜻蛉のわづかなちから指を去る

月光や地層に貝の眠る場所

親分と子分のごとく障子貼る

南瓜来て一週間の応接間

猪を吊つてしばらく雨ざらし

甲冑のまなこまつくら寒波くる

スケートの両手あはあはしてゐたり

夜の海に雨の満ちゆく鯨汁

しばらくは並走の窓クリスマス

曇天のはあと息吐くやうに雪

荒星や樽からもらふ硬き酒

Ⅳ

二〇一五年

一月や真白く伸びて鳥居の木

らんらんと勝独楽のまだ廻りをる

脱藩のごとくに奔る雪の果
うすらひとうすらひはなれゆく赤み

料峭や舟のごとくに機織り機

べうべうと舌を垂らして喧嘩凧

蜆売おほきな財布提げてくる

トロ箱をはみ出してゐる鰆の歯

乱暴に吹かれてあかいかざぐるま
花鳥の花散らしつつ入れ替はる

椿ぽとりぽとりと水を昏くせる
貝殻のまぶしく割るる鳥の恋

さみしさの肘から入る半仙戯
夏来る祝詞に神のものがたり

祭観て祭の端を帰りけり

隈取りのゆらいで沈む源五郎

六月の猫の怠惰を膝の上に
螢火の沢の輪郭かたどれる

蓴舟水くぼませてゐたりけり

奥まつてゐる蘭鋳のまなこかな

おしぼりは真白きけもの冷し酒

蛇らしい形に蛇の泳ぐなり

川床や鈴のごとくに水奔り

叡山の闇を曳きたる団扇かな

瞉象の眼いたいけとも見ゆる

股に挟んで山小屋の夏布団

花梯梧踏んでまつかな脚となる
オルゴール止まつてからの夏の海

あなすの丘より沖を見てゐたる
風一陣はちす散らせるほどならず

輪鍵から夕焼けてゆく海の町

境内のしづかな幹は蟻のもの

葭簀からあがれる港かな

日盛の零番線にゐる列車

人間に祷るいつとき蟻に影

背中さびしいキャンプファイヤーの火の粉

街の端に生まれて音の無い花火

小説のはじめ花野に佇つてゐる

石庭の渦まはりだす大きな月

ブルースのやうな男が居て雨月

ほらこれが長十郎の手ざはりと
ていねいに叩く金胡麻日和かな

ルームキー置きその横にどんぐりを
稲穂刈るたてがみほどの束つかみ

騎馬となり運動会をもちあげる

さざんくわ一樹散りて水面にあるごとし

朝市の出口に雪の舞ひはじむ
浪おとの鰤街道を発てば雪

ニッポニアニッポンの島雪が降る

V

二〇一六年

楪や色を違へて山の尾根
円ひとつ描いて寒泳戻りきぬ

にこやかに二月礼者の濡れてをり

海女笛に間合ひのありてただよへる

豆つぶのひとつとなりて汐干狩

どくだみの蕾はひとつぶの白雲

生糸繰る手許しらじら梅雨に入る

青梅雨やみな羽ひらく蝶図鑑

槇一樹涼しき枝を垂らしけり
もやもやと朝の噴水湧きはじむ

朝にはは湿つてゐたる螢籠

二日ほど蠅取リボン見て過ごす

巣箱からぬらりと垂れて蛇に舌

夜を押してのうぜんかづら咲きそろふ

空いてゐる席が埋まつて桐一葉

八朔の護岸工事を見てゐたる

肩が動いて鳩笛の鳴りはじむ

蓑虫のたくさんさがる夕陽の木

車麩に弾力のある夜寒かな

口笛は常に旋律暮の秋

きつねいろの袋にそそぐ今年米

鶴渡るふつくら赤き燐寸の火

初しぐれ平等院の対称に
前掛のまま白鳥にパンをやる

鴨の首提げて猟夫のずぶ濡れに

Ⅵ

二〇一七年

探梅の途中赤子をあやしをる

花菜雨町にしづかな寫眞館

今日の風にけふの若布を干しにけり

野の仔馬三周目からかぜを生む

上州に田打桜の咲く日かな

花街の小さな引戸八重椿

川ひとつ花の器となりにけり

鮭五郎はねてひかりにぶつかれる

アトリエは未央柳の中にあり

夏茱萸のかがやきひとつ盗みけり

袋掛け花を咲かせてゆくごとし

雨しづくまみれに蜘蛛の囲も草も

太平洋のうねりを腹に明易し

香水やタラップといふ別れ際

太陽を二つ宿してサングラス

月に隣る守宮の腹を見てゐたる

さみどりの港の秤朝ぐもり

靴下を脱いで納涼船にをり

軍港を白く濡らして日雷

鰻筒うなぎ三本吐き出せり

御衣懸に紐のみ垂れて蚊遣香

像ひとつ結んで滲む走馬灯

夜の秋指が覚えてゐるギター

烈日に濡れて八月十五日

繕へる竹あをあをと下り簗
青空にあけびの罅のぶらさがる

種採つて風に攫はれさうになる

枡酒の枡湿りをる居待月

大竹をゆさゆさ運ぶふゆはじめ

小春日や逞しき木の御神体

石炭に火の粉の飛びてまだ黒し

榾ひとつ崩るる音の遠さかな

Ⅷ

二〇一八年

唄ふほど手毬大きくなりゆけり

裃の肩のかさばる節分会

うすぐらき和紙工房の初音かな

蘖ゆる森をひらいてゆくごとく

さざなみのやうに養蜂箱に蜂
花鳥のしばらく花に呆けたる

どちらからともなく風船をはなす

くちびるのごとくにほぐれ桜漬

ガーベラをいつぽん歯ブラシが二本

見えてゐて音の無い波花あふち

夏の日を摑んで落とす水車かな

儒学者のやうなかほして枝蛙

サーファーの鼠小僧のやうに立つ
降り出して青田はあをきままうねる

くちなしの花を隠して鯨幕
強きいろ見せて線香花火果つ

煙茸三度目はもうけむ吐かず

火を焚いてゐる猪垣の家二軒

縄といふ逞しきものの冬構

かいつぶり消え真円の輪のひらく

鮟鱇の泥のごときを鍵釘に

火事の家明けても闇のやうにあり

狼は絶えこんこんと冬泉

VIII

二〇一九年

馬房へのみちにも敷きてふくさ藁

御降のあと夕星のひき緊まる

読初や明るき星のある日暮

おもしろきかたちの山の初音かな

パンジーのささやきあうて飛び立たず

鳥の巣はいびつに山の晴れ渡る

星おぼろ鎖の先に象の脚
しゃぼんだま炎の色をして割るる

春光にぬれて湖北の魞簀かな

著莪の花はるかなあをと思ひけり

鼻唄をうたふ日ガーベラを買ふ日

夏わらび天井高き囲炉裏の間

赤紫蘇の畑続きて貴船口

洛中に停まる貨物車油照

ぼうふらのはりついてゐる水の裏

青大将不本意乍ら流れゆく

ポンポンダリア二階の窓に女の手

ひと粒づつ日輪へ積む蟻の塔

のどぼとけのみがうごいて裸かな

流星雨北アルプスを汀とし

珈琲の赤き実霧の流れくる
わたつみへ銀漢は瀧なせりけり

梟の身に軸のありこちら向く

杉の穂に雨降りかかる猟はじめ

あかがりの手のあかあかと笑ひをる

雪を待つやうに女の鮫小紋

婆が来て納屋のつららを全部落とす

降る雪へ蝙蝠傘の闇ひらく

凍つるため水を落とせる瀧の丈

IX

二〇二〇年

風のなか鷹師こぶしを風に置く

たてがみに手綱に春の雪降り来

流氷のひとつ棺のごとく浮く

北窓を開きて橅の幹近し

垂涎のごとし雪解の大氷柱

貌つつこんで花虻の尻の縞

海女の足宙をふた蹴りして潜る

岩肌を摑んで白き滝の網

葭切の葭を揺らして留まれる

一山にけふの残照夏行堂

琴線の赤を張りつめ曼珠沙華

バス停の簡素な名前秋桜

波音や雲間に月の立ち直る

冷まじや灯ともして地下採石場

色町に防火稲荷社冬近し

神鶏の白がうごきて留守の宮

おしくらまんぢゆうお転婆でおかつぱで

きざはしに列成し雪の除夜詣

X

二〇二一年

連山のどれもかがやくお年玉

淡海の波の泡つぶ春隣

きさらぎの海をへだてて遥拝所

涅槃図に月の灯つてゐて暗し

遠足の児に水筒のついてゆく

紺屋には裏口ありて落椿

吾が額へ枝垂れ伏姫ざくらかな
包まるるごとくに拝す糸桜

花粉玉つけ熊蜂の翔び立てる
望潮はかなきまなこのばしたり

夜に満ちて葬儀のやうな白つつじ

山河にほへる鯉幟月夜かな

墳丘の茅花流しを冠りたる
あかつきの産毛ゆたかに袋角

熟れ麦の起伏の沖に天主堂

熱出してゐるやうなかほ羽抜鶏

聖堂に跣の砂をこぼしけり

薬莢のごとく散り敷き海紅豆

路線図の線の七色みなみかぜ
からだ斜めに雪渓の端にをり

川蟹の甲羅わらつて走りだす

苦瓜の幼き蔓の漂へる

毎日の鐘の音けふの牽牛花

影ひろげたり虫籠の竹の線

海を見てきちきちばつた色失くす

嘴を灯して雨のなかの椋

玄関のがらがらとびら昼の菊

渡り鳥仰ぎ遠流にあるごとし

火恋し世阿弥のごとく沖を見て
夜業果つ紙数枚を粉砕し

月光の凪の果てより神還る

やや翔んで丹頂胸をぶつけ合ふ

棒切れのやうな脚立て鶴眠る

気嵐の明るむなかに鶴のこゑ

おじや食ふ指先ほどの味噌足して
縄跳を抜けて転校してゆきぬ

餅を搗くかけごゑ空へのばしつつ

XI

二〇二二年

江戸の空蹴つてぐるりと出初式

群青の鮪のあたま飾らるる

ほどきゆくやうにも見えて藁仕事

渓流に小さき砂浜みそさざい

臘梅のひらきて未完なる形

雌鶏の頸ふつくりと梅林

港ありて風ありて春の雲ありぬ

蛇行するとき春水のにぎはへる

魚の栖む森　三三三句　畢

あとがき

『魚の栖む森』は第三句集。第二句集『隼の胸』刊行の二〇一一年頃から二〇二三年春までの作品から三三三句を収めた。

第二句集から十二年、思いのほか歳月が流れてしまった。

この間にはさまざまなことがあった。

二〇一七年、俳誌「青山《せいざん》」編集長を拝命。

二〇二〇年八月、新型コロナパンデミックの只中、「青山」を継承した。

「青山」は昭和五十七（一九八二）年、山崎ひさを（現名誉主宰）が創刊。師系・岸風三樓。月刊。二〇二一年に創刊四十周年を迎えた。

継承から四年目、歴史ある俳誌の主宰という責任を感じつつ、日々新たな事象に突き当たり、悩み考え、答えを出し、歩を進めている。

一方、コロナ禍と時を同じくし、心臓の病を得て、二度の手術を経験した。現在は回復している。

二〇二二年には還暦を迎えた。自然の恵みを享受し、またその力を畏れ敬いつつ、自然の中で日々を生きているのだと改めて思う。

変化する環境と、命と自然の中で、自身の俳句を見つめ直し、自身の俳句の行く先を確認するために、この『魚の栖む森』があればと思う。

本句集刊行にあたっては、石井隆司氏にお世話になった。

共に歩んでくれている「青山」の同人、会員に改めて御礼申し上げます。

令和五年　盛夏

しなだしん

著者略歴

しなだしん

昭和三七年一一月二〇日　新潟県柏崎市生まれ
平成九年　「青山《せいざん》」入会
平成二〇年　第一句集『夜明』（青山叢書95）
平成二三年　第二句集『隼の胸』（青山叢書１０５）
平成二九年　「青山」編集長
令和二年　「青山」継承主宰
現在　「青山《せいざん》」主宰
俳人協会幹事／日本文芸家協会会員／「塔の会」幹事

現住所
〒161－0034　東京都新宿区上落合1－30－15－709
メール：shinadashin@wh2.fiberbit.net
「青山《せいざん》」ＨＰ　https://seizanhaikukai.wixsite.com/seizanhaikukai/

句集　魚の棲む森　うおのすむもり

青山叢書第139集

初版発行　2023年9月26日

著　者　しなだしん
発行者　石川一郎
発　行　公益財団法人 角川文化振興財団
〒359-0023 埼玉県所沢市東所沢和田3-31-3
ところざわサクラタウン 角川武蔵野ミュージアム
電話 050-1742-0634
https://www.kadokawa-zaidan.or.jp/
発　売　株式会社 KADOKAWA
〒102-8177 東京都千代田区富士見2-13-3
電話 0570-002-301（ナビダイヤル）
https://www.kadokawa.co.jp/
印刷製本　中央精版印刷株式会社
 ISBN978-4-04-884557-1　C0092

角川俳句叢書　日本の俳人100

青柳志解樹
朝妻　力
有馬朗人
安西　篤
伊丹三樹彦
伊藤敬子
伊東　肇
井上弘美
猪俣千代子
茨木和生
今井千鶴子
今瀬剛一
岩岡中正
尾池和夫
大石悦子
大串　章
大牧　広
大峯あきら
大山雅由
小笠原和男
小川晴子
奥名春江
小倉英男
落合水尾
小原啄葉
恩田侑布子
甲斐遊糸
加古宗也
柏原眠雨
加藤憲曠
加藤耕子
金箱戈止夫
神尾久美子
九鬼あきゑ
小島　健
阪本謙二
佐藤麻績
塩野谷仁
しなだしん
柴田佐知子
柴田多鶴子
小路紫峡
鈴木貞雄
鈴木しげを
千田一路

高橋　将夫
田島　和生
辻　恵美子
坪内　稔典
出口　善子
寺井　谷子
名村早智子
鳴戸　奈菜
名和未知男
西村　和子
根岸　善雄
能村　研三
橋本　榮治
橋本美代子
藤木　倶子

藤本安騎生
藤本美和子
布施伊夜子
文挾夫佐恵
古田　紀一
星野　恒彦
星野麥丘人
松尾　隆信
松村　昌弘
黛　　執
岬　　雪夫
三村　純也
宮田　正和
武藤　紀子
村上喜代子

本宮　哲郎
森田純一郎
森田　　峠
山尾　玉藻
山崎　　聰
山崎ひさを
山田　貴世
山西　雅子
山本比呂也
山本　洋子
依田　明倫
若井　新一
渡辺　純枝
ほか

（五十音順・太字は既刊）